一年·三季

陈海峰——著

江苏大学出版社
JIANGSU UNIVERSITY PRESS
镇　江

图书在版编目(CIP)数据

一年·三季 / 陈海峰著. — 镇江：江苏大学出版社，2022.3

ISBN 978-7-5684-1732-7

Ⅰ. ①一… Ⅱ. ①陈… Ⅲ. ①诗集—中国—当代 Ⅳ. ①I227

中国版本图书馆 CIP 数据核字(2022)第 027354 号

一年·三季

Yinian · Sanji

著　　者/陈海峰
责任编辑/汪　勇
出版发行/江苏大学出版社
地　　址/江苏省镇江市梦溪园巷 30 号(邮编：212003)
电　　话/0511-84446464(传真)
网　　址/http://press.ujs.edu.cn
排　　版/镇江文苑制版印刷有限责任公司
印　　刷/句容市排印厂
开　　本/890 mm×1 240 mm　1/32
印　　张/5.125
字　　数/90 千字
版　　次/2022 年 3 月第 1 版
印　　次/2022 年 3 月第 1 次印刷
书　　号/ISBN 978-7-5684-1732-7
定　　价/39.00 元

序

诗人大多是痛苦者，或者他们自认为是痛苦者，所以我很害怕自己有一天以“诗人”的“头衔”为世人所知。但很不幸，人到中年，我学会了写诗，并且我认为自己的诗非常好，这难道是我的宿命？

但是我要写，我要成为一个歌者，不管幸福还是痛苦。

生命有一种本能的冲动，让我不能自已。当我进入诗的意境中时，我仿佛领略了古人说的“禅境”，世界是空灵的，而万物是有情的，我沉迷于其中不能自拔。

生活中，有很多我爱的人和爱我的人，他们喜欢我的诗，这也是我乐此不疲的原因。我自信，随着诗集的出版，定会有越来越多的人喜欢我的诗。

诗集里的诗主要写了三个季节的感悟，所以集子就叫作“一年·三季”。

感谢家人的理解和支持，感谢爱我的人和我爱的人，感谢我笔下的一首首小诗。

陈海峰

2022年1月

目　录

目录·

一年·三季

目录·

一年·三季

目录·

一年·三季

目录·

一年·三季

一年·三季

宋代的山水

我在烟雨的江南里行走，

正如一个纯净的灵魂，

飘荡在一幅宋代的山水里。

003

背景

我把夜当作我想念的背景，
沉默的天地，
才是我的心。

梁祝

两只蝴蝶在花丛中忽起忽落，
恰如两只巧手在钢琴上忽起忽落，
看得出，它们弹奏的，
正是《梁祝》。

难觅芳踪

你是从端午里走出来的美人，
糯米的洁白，粽叶的芳香，
千年的诗韵，
烟雨的江南。

你走出端午，又走进端午，
长发飘裙，难觅芳踪。

杜鹃

有一只布谷鸟，
从春天叫到夏天，从夏天叫到秋天，
它有一个美丽的名字：
杜鹃。

放牧的少年

如果我是放牧的少年，

在草原策马扬鞭，

我也只愿与一只羊相依相伴。

如果我是年迈的行者，

在沙漠和戈壁间跋涉，

我也只愿遵循爱指引给我的方向。

可我只是一个卖弄风情的歌者，

半夜惊醒，

听秋虫在月光下嘶鸣。

摇曳

初秋，喜欢听秋虫的吟唱，
它们的先人从天上偷来一段情曲，
然后代代相传，年年吟唱。

唱得情也摇曳，
唱得夜也摇曳，
唱得心也摇曳，
唱得我也摇曳，
唱得初秋也摇曳。

和她有关

秋风乍起，秋雨忽至，
可我的心绪还在那个炎热的季节，
我要轻轻地拾起，
像那南飞雁，为它找个温暖的地方，
轻轻地将它安放。

从今往后，每个季节，每一天，
都和我有关，都和我的诗有关，都和她有关。

不是一纸功名

深夜里，
我隐约听到了寒山寺那飘转千年的钟声，
可我实在等不及那江枫红遍的秋季。

失意的少年啊，
你缺的不是一纸功名，
而是一份美妙的爱情。

011

分不清

我觉得我分不清思念和冥想，

分不清冥想和思念。

我觉得我在思念时也在冥想，

冥想时也似在思念。

我分不清梦境与现实，

分不清白天与黑夜，

分不清你和我。

迷失

那个在田间奔跑的少年忽然迷失了。

他总记得一个姑娘，

记得小鸟在天空编织梦想，

记得阳光一丝丝一缕缕地放荡。

他总在想一个美丽的姑娘！

江南

秋天的江南，
蓝天白云下是片片的金黄，
她是我可爱的家乡。

在我可爱的家乡，
有一位可爱的姑娘，
她透着稻穗般的芳香。

如果岁月能回到从前，
我一定为她披上金黄的衣裳，
带她穿过我的稻田。

隐隐

隐隐的山，
隐隐的塔，
隐隐的钟声，
沉淀不了，
我这颗渴望肉欲的凡心。

还是

我看你时，
你不看我。
你看我时，
我不敢看你。

还是那片海，
还是那片云，
还是那汪情……

你和诗

你和诗，都在远方。
我用心去写诗，
我便有了诗意。
我用心去看你，
你，还是那么远！

你和诗，都在心间。
我用笔去写诗，
诗便在纸上。
我用笔去写你，
你，还在我心间！

每一份思念

每一份思念，都有一个高尚的灵魂；

每一份想念，从来不曾孤单。

渡船

秋叶落了，可是思念不减；

秋水涨了，渡船却漂远了……

转回身

我看见山水和日月，

转回身，

发现你已走远。

幸福的微笑

我装作仰天长叹的样子，
其实我在笑；
我装作顾影自怜的样子，
其实我还在笑。

我冷眼对世，
其实我在笑；
我兴奋激动，
其实我还在笑。

只有你，
让我变得如此温柔和顺，
对你，我报以会心幸福的微笑。

最后一滴眼泪

在那万里荒芜的沙漠，
有一个千年不干的池塘，
它如一个月牙的形状，
人们称作“月牙泉”。
那是大地枯死前的最后一滴眼泪，
以此明证它曾经的誓言。

在那冰封万里的长白山顶上，
有一汪千年碧透的湖水，
它如一个心伤的形状，
人们称作“天池”。
即使飞雪覆地，江山沉寂，它也会轻柔地微波荡漾，
以此明证它绝不湮灭的信念。

早晨

早晨，我被窗外的一只鸟儿唤醒，
它的叫声比我的诗美丽、多情。
难道，它跟我一样，
被另一只鸟儿扰动得心绪不宁？

小小屋

我想筑一个小小屋，
在北方遥远的桦树林里，
不管春夏秋冬，
都是洁白的世界。

松鼠来我家做客，
小鹿在门外凝视，
一片洁白的世界外还是一片洁白，
屋里住着你和我，和我们的童话。

我知道

我知道你可爱的小想法，
我装作不知道，也没看到；
我看到你调皮的小心思，
我装作没看到，也不知道。

我满心欢喜地看着你花开，看着你离开；
又满心欢喜地看着你离开，看着你花开。
就这样，
我满心欢喜地看着你，看着你……

重庆

导游说，你是一座依山而建的城市，

可是，你明明是据山而建，居于山之巅。

你如此高傲，改变人类的历史，

让这个星球永远朝着太阳的方向。

现在，

你又温柔成了嘉陵江的模样。

你是

你是空中的云，
忽阴，忽晴，
捉摸不定。

你是高原上的羊群，
忽上，忽下，
漂移不定。

我是天上孤独的鹰，
在万米高空俯视苍生，
但怎么也躲不过你的柔情。

川剧

你用杜宇的方言，
演绎东方独有的诗画，
试问，哪个文明敢睁眼偷看你一眼？

调皮的姑娘，
舞动的长袖，
你不正是那个青铜的舞者？
顾盼的眼神，
你正是那个让我苦苦寻找的纵目姑娘。

老父亲

紫红色的扁豆花架下是我的老父亲，
他的脸和他耕过的田一样深沉，
他的脊背跟他用过的犁一样坚挺。

他是我家的一头牛，
从不停息，从不抱怨；
他是我家的一只鹅，
到哪里都骄傲地引吭高歌。

他是我的幸福，
更是我的牵挂。

梦想

我曾梦想，
一个穿红色线衣的姑娘，
穿过我家的稻田，
来到我的身旁。

我曾梦想，
一个浑身泥土气的少年，
抬着花轿，
迎娶一位雪白的城里姑娘。

可是稻子黄了二十回，
那个穿红衣的雪白的城里姑娘，
隐约还在，
稻田的另一边。

成吉思汗

那年，我在草原，
看不到雄鹰，
看不到骏马，
看不到刀剑、鲜血和女人。
整个草原，整个草原，
只飘荡着你爱恨的故事和你征服的气韵！

此岸

经幡，雪山，格桑花，
如果你要我在高原苦行，
我必须带上我心爱的人。

喜马拉雅的风声，
在我听来，
不过是求爱的歌声。

所有的彼岸，
皆非我愿，
我只求此岸的爱恋。

回家

如果一只鸡在紫色的扁豆花架下昂首阔步，
你是否知道它的想法？

如果一条邻家的狗睁大眼睛静静地凝视你，
你是否知道它的想法？

我知道，我知道，
他们在欢迎我回家。

奔跑的孩子

一个喜欢在田野里奔跑的孩子，
他自信地在四季中奔跑，
自信地在知识中奔跑，
自信地在山水中奔跑，
自信地认为看透人间一万年。
可是，这可怜的孩子啊，
无论如何也看不透，跑不出，
上天为他编织的情网。

其实

其实，夜里，
花儿像白天一样开放，
但几人能见？

其实，夜里，
虫儿比白天更奔忙，
但几人能见？

其实，夜里，
比白天更长，更乱，更慌忙，
但几人能见？

人类

日色已暮，

花儿开得格外明艳，

“鬼神”出没花间，

痴怨情仇，

过于人间。

人类不要自作多情，

花儿本为“鬼神”绽放，

当你熟睡之时，

爱恨和复仇的故事正在上演。

你

如果你在阳光下飘然而过，
阳光也会暗淡沉默。

如果你的心思在风中飘荡，
风儿也会驻足观望。

如果你走进秋天，
秋天顿时诗意盎然。

今夜

今夜太累太困，毫无诗境，

只求，只求，

每个夜晚，每个孩子，

不论你何种肤色，哪个地方，

都能在妈妈的怀里，幸福地安眠。

我愿用我所有的诗境换你美丽的梦境。

晚安！

小鸟叽叽喳喳

小鸟叽叽喳喳，
你们在忙啥？
如果在恋爱，
请你小声说话，
免得让我想起她。

小鸟叽叽喳喳，
你们在忙啥？
如果是劳作，
请你小声说话，
免得让我想起我爸妈。

小鸟叽叽喳喳，

你们在忙啥？

如果是育儿，

请你小声说话，

我对宝贝也是爱恨交加！

如果

如果一朵花，在秋风中瑟缩开放，
她一定有未了的情怨。
如果一只狐，在夜晚对月哀伤，
她一定有未了的情怨。
如果一条蛇，在你的床头不断盘旋，
她一定有未了的情怨。
如果一个人，他正在写诗，
他一定有未了的情怨。

小鱼、小鱼

小鱼，小鱼慢慢游，
小心前面有鱼钩，
蚯蚓红虫不要咬，
回头孩子要看好。

小鱼，小鱼慢慢游，
听到人声往回游，
人类是个大坏蛋，
吃了肉儿吃鱼儿。

小鱼，小鱼慢慢游，
游到水草中歇会，
水草上面有朵花，
千万不要摘回家。

小鱼，小鱼慢慢游，

前面就是大河流，

等到入海成蛟龙，

千万不要忘了水的源头。

情药

黑夜是伪装着的情药，

你是最温柔的毒品。

我痛苦于有无尽的情药，

却尝不到毒品的温柔。

玫瑰的海

听说，在西藏，
有一座比珠峰更高的山，
在那里，绝无人烟，
即使最善飞的鸟儿也望而兴叹，
积雪在白云之上，
大风终日横冲直撞，
但玫瑰，大片大片的红玫瑰，
在风雪中怒放，
雌雄二蛇环绕于其间。

听说，在奥林匹斯圣山，
熊熊的烈火永不停息，
即使是最硬的钢，也瞬间化作水，
诸神不敢看一眼，
但玫瑰，大片大片的红玫瑰，

在烈火中怒放，
宙斯也只能摇头哀叹。

听说，七月七日那一天，
当喜鹊做成相会的桥，
那闪闪的银河，
顿时变成玫瑰的海，
两个痛苦的灵魂，
紧紧地相拥于其间。

不是诗，就是你

今夜等不来诗情，
但我等来了你的味道。
今夜等不来诗境，
但我等来了你的容貌。

不是你，就是诗；
不是诗，就是你。
你和诗，对我，本是一体。

也许

一朵花开在夜里，
绝不是绽放，
也许是寂寞。

一颗星闪在空中，
绝不是寂寞，
也许是孤傲。

一个人呢？
也许是不喜欢白天的世界。

夜

夜如此深沉，
白天那只翩飞的蝴蝶现在何处?
它是否还是那么落寞、恐惧?

夜如此深沉，
晨间挂在枝头的那滴露珠现在何处?
它是否还那么幽怨而不甘化去?

你又在哪里?
如果你在温柔的梦乡或爱人的身旁，
那么，
我在哪里?

直视

静静的夜，
我能看到自己，
看到你，
看到光，
看到纷飞的蝴蝶，
看到喜鹊，
还有桃花。

静静的夜，
我听不到世界，
我听到我灵魂深处的心跳，
我听到我最初的心动。

静静的夜，

我直视自己，

我直视真情，把它看得清清楚楚。

我被夜感动！

沉默，沉默

我想你时，
风也沉默；
我想你时，
雨也沉默。

我想你时，
世界也沉默；
我想你时，
时光也沉默。

我想你时，
我也沉默，沉默……

见风见雨

我见风不是风，
见雨不是雨，
我在风雨之中，
置身风雨之外。

我见你不是你，
见我不是我，
我在你我之中，
置身你我之外。

我游走爱恨之间，
行走于躯体与灵魂的边缘，
我依然见你不是你，
见我不是我。

自己

深夜，打开窗，
我把冬雨放进来，
我把雨声放进来，
它悦耳动听，
它冷而有情。

关上所有的灯，
我把冬夜放进来，
我把黑暗放进来，
天地幽静深沉，
天地暗而有情。

万物皆为我相，
唯情充于其间，
于是，我把冬雨、冬夜一起放进来，
我把自己放进去。

亲爱的朋友

阴沉的天，
一片黄叶在冬雨中翩然而落，
它翻转身姿，无奈不舍，
比三月的花有诗意。

阴沉的天，
一只黑色的鸟从冬雨中穿水而过，
它落寞沉重，
比四月的蝶有诗意。

阴沉的天，
四周是凄迷的烟雨，
它凝重阴寒，好像藏着巨大的秘密或神秘的灵魂，
比五月的烟雨有诗意。

亲爱的朋友，

如果，如果，

你我的心中有诗意，

我们何必在意这阴沉的天、冬日的雨！

春天与诗

冬雨里，
谁会在乎一片黄叶的飘落，
若不是寒雨相逼，
它本可以等到明年的第一缕春光。

冬夜里，
谁会在意一个人的思念，
若不是岁月相逼，
他本可以等到来年的春天再写诗。

湿

一场温润的雨，

湿了世界，

也湿了我心，

是下在夜里，

还是下在梦里，

我傻傻地分不清。

你的目光，

慌乱了天地，

更慌乱了我心，

是我的朋友，

还是我的恋人，

我傻傻地分不清。

逃不出

我用心去写诗，
突然发现，
我被诗写了，
怎么也走不出诗境。

我小心去写情，
一不小心，
我被情写了，
怎么也逃不出情境。

绝不

我情愿在欲河里苦苦挣扎，
也不愿在贫瘠的沙漠里遥望。

即使修行，
我也要在玫瑰丛中，
绝不盘坐在竹林小溪旁。

在这里

同一片云，
不会有两种雨；
同一片天空，
不会有两种心思。

阴沉或晴朗，
我都在这里！

一种心情

有一种心情，

叫突然想你；

有一种激动，

叫突然想你；

有一种无奈，

叫突然想你。

我就在这里，

不远也不近；

你还在那里，

不近也不远，

刚刚好。

但猝不及防地，

会突然好想你！

对与错

喜欢一个人，
是一种高尚的情感，
还是一种邪恶的念头？

若是前者，
为何我看她的眼时也看她的唇？
若是后者，
为何我看她的唇时也看她的眼？

风吹过，
雪落过，
请告诉我，
是对，还是错？

美在人间

你我岁月中相逢，
我不信前生有缘，
是你我今生皆心有所向。

如果岁月能回到从前，
我一定千百次地将你凝望，
牢记你最美的时光。

如果岁月卷走了我们，
只要我的诗在，
你就永远地美在人间！

你在哪里

我把你给的所有美好折叠起来，

藏在胸前的口袋，

也难以抚慰我的心。

你，现在，在哪里？

想念

空气中弥漫着想念的味道，

你，

闻到了吗？

春的脚步

我隐约感受到春的气息，春的脚步，
不由得想到你的气息，你的脚步，
你，会跟春天一起来吗?
还是继续把我留在冬天?

生命如花

我在春天的阳光里遐想，
也比不上你给的温暖，
生命如春花灿烂，
全凭你来浇灌。

那朵莲花

不见比见更难，
不想比想更难，
我愿化作智者身旁的那朵莲花，
怀着春心为你祈祷，
不让他觉察到。

思（其一）

夜里到处漂浮着诗，

我抓不到。

夜里到处漂浮着思，

我看得到。

透过窗

我透过窗，
装作看到你的样子，
比看到你更美。

萌动的春啊，
你不要停！

痛饮一杯酒

仰起头，我在春天痛饮一杯酒，
兴奋和苦涩相伴，
幸福与迷醉相随，
我装作什么也不知道的样子。

我把春天当作一杯酒，
仰起头，举杯痛饮，
仿佛陶醉于无边的春色，
其实，我比谁都更清醒。

为何而哀叹

开花不是为了果实，
因为，
幽怨的花不一定有甜蜜的果。

露珠不是为了朝阳，
即使在月夜，
露珠仍然会发光。

既然这样，
我，又为何而哀叹？

放牛的季节

又是一个放牛的季节，
春雨里那头黑色老牛早已不见。

成片成片的金黄的油菜花，嫩绿的柳枝点缀粉红的桃花，
河面上翻飞的白鹭，薄薄的雾，隐约的山，
青草和着泥土的气息，新米煮熟的味道，
少年牵着牛，打着伞，在绵绵的春雨中迷失了……

又是一个放牛的季节，
曾经的少年，还是迷失了，
这次不是因为春雨……

上瘾

天地，如同被我强压的情欲，
春日的太阳躲在宇宙最深处燃烧。

想念，是一种“毒品”，
越久，越深，越上瘾。

天、地与神

我站在山巅，
向天地、诸神振臂高呼，
乞求神谕。

天说，
你想念一片云，
就把她藏在梦里，
她不知道，而你却看得到。

地说，
你喜欢一朵花，
就好好地去欣赏她，
但不要去打扰她。

神冷笑着说，

你善变而多情，

不该拥有爱情。

高山之上

今天，
我生平第一次在神前虔诚祈祷，
为世间众生，
为你。

今天，
我生平第一次在神前乞求怜悯，
乞求神宽恕我泛滥的情欲，
乞求神可怜我思念的心情。

今天，
我第一次与神真诚对视，
我要让神知道，我的每首诗绝不矫情，
我要让神知道，我的眼睛除了坚强，也会有泪水。

今天，在高山之上，

我向天地、诸神低头，

为世间众生，

为我爱者和爱我者，

为你。

等待

晨起，

我快速做完所有的杂务，

腾空所有的俗念，

内心空灵，

等待佛光，

等你，注满我的心灵。

拉不起他

我想从情欲中起身，振奋精神，
一回头，看见，
我的影子牢牢贴在地上，
任我如何用力也拉不起他。

081

赠你

我把你给的所有美好藏在诗里，

并以诗赠你，

可我为何仍然辗转难眠？

我到底还留下了什么？

自燃

一个男人的自燃，所需的温度并不高，

只要他恋得热烈！

一个人点燃夜晚，所需的能量并不多，

只要他思得深沉！

083

呼吸

呼吸，

不是一种生理，而是一种心理。

当一个人真正学会了想念，

就再也无法掌控自己的呼吸。

即使是窒息，也在所不惜！

我的灵魂

我在诗里安置我的灵魂，

并把诗献给你。

我十分担心：

是否已经惊吓到你！

心中的姑娘

在雪域高原，
有一位情僧，
他的诗比我的诗更优美，
但诗里的姑娘没有我诗里的姑娘那么美！

在可可托海，
有一首情歌，
歌的旋律比我心中的旋律更凄美，
但歌中的姑娘没有我心中的姑娘那么美！

春雨

深夜里，我突然担心起春雨中桃花的花蕾和柳叶的新芽，
它们如此娇嫩，
能否抵得住这温柔多情的春雨？

我又突然担心起她，
是否像我一样，
抵不住这温柔多情的春雨！

总觉得

我开着车，

吟诵着我自己写的情歌，

穿过片片金黄的油菜花田，

总觉得你就站在油菜花的那一边。

只要

只要你给我一个表情，
我就给你一首情诗。

但你给我的眼神，
打乱了我的一生。

你看

你给的美好，

都会化作桃红柳绿，

不信，你看：

我的门前，

桃红柳绿！

樱花林

我穿过那片明艳的樱花林，

像只有一个人的新郎穿过婚礼，

穿过一片孤独美好的真情。

一个带着寒气的人，

是否还有勇气再次穿过那片樱花林？

牧羊人

可可托海的牧羊人，
你的情歌没有我的情诗更真情，
可你打动了所有人，
我却打不动我的心上人。

可可托海的牧羊人，
草原的鲜花与江南的鲜花一样诱人，
你诱来了养蜂的女人，
我却诱不来我的心上人。

可可托海的牧羊人，
那夜的雨，
也没能留住你的心上人；
我心中的雨，
还在下个不停。

插花

插花的才是花，
何必外求？
插得再好也不是春天，
你站在那里，就是春天！

盈盈的目光

这个春天如此有情义，
因为你盈盈的目光，
因为我妩媚的想念。

你的目光与我的想念，
一起游荡在天地间，
游荡在春天里，
它们，把春天装得满满……

我的诗

你是否是那个动了凡心被贬人间的仙女?
如果天庭没有给你快乐,
为何我也做不到?

你是否本就是藏在我生命中的一首诗?
我以明朗的笔调开头,
却不小心以忧郁的句子结尾?

没有人比我更懂我的诗!

春心

春天是什么?

是多情的花?

是妩媚的柳?

是微雨中的双飞燕?

还是那树上红红的鲜果?

都不是。

春天是我那颗湿润的春心和你盈盈的眼神!

尺度

思念形于心，

然后是脸，

然后是手，脚，身体发肤。

思念形于夜，

然后是黄昏，

然后是晨，午，不分昼夜。

身体，只是思念的载体；

时间，只是思念的尺度。

知错而难改

你说，放下执念，心无所住，即可见性。

我如你所言，

可是，

我虽无痛苦，但只见空虚，并不见性。

我重拾执念，心有所住，

虽有痛苦，但我也有温馨的回忆和幸福，

智者啊，

人生真正的苦是知错而难改。

弱水三千

弱水三千，
也抵不过你眸中的那泓深情；
诗词歌赋，
都比不过你看我时的那一眼。

全世界

闭上眼，
我见风追逐一片云，
一群彩蝶飞过樱花林。

闭上眼，
我见时针滴滴答答地行，
窗帘静静地横。

睁开眼，
全世界都是你！

只为你

我踏遍千山万水寻找诗情，
都比不上你的一个眼神。

我要做一个幸福的歌者，
如果注定苦吟，
也只为你！

美人

今晨，

我在一片晶莹明亮的樱花林中迷失，

因为，

我没有在花下望见那个美人。

春水　断桥

我记得三年前的今天，

我站在西湖的断桥边，

为桥上的故事和故事中的人物而深深地哀叹。

现在，我明白了，

我那时是在哀叹三年后的自己。

春水，断桥，塔影，西湖，从未改变。

等等我们

最美好的心灵是傻与痴，

我们都是。

最美好的感觉是在心间沉醉，

我们都在。

痛苦的是：

明明沉醉，却要故作清醒。

春天啊，请再等等我们！

隆隆的雷声

今夜，我第一次感受在雷声中去想念一个人，
没有恐惧，没有惊慌。
我从容地走过一片雨，又走进一片雨，
内心是充盈的，带着对她的忧伤。

那轰隆隆的雷声，只是我想念的音乐……

江南

杏花，春雨，你，
情诗，江南。

我弄丢了自己……

天使

夜晚，天使在安眠。

星空下划过的，

那是思念！

敦煌

我双手合十，
平静地走过敦煌的壁画前，
虽心中有法，
可我眼，看着仙女飞天。

我知道终有一天，
你会平静地走过我的身边，
那时，我仍在心中双手合十，
看你，如仙女飞天。

睡去

我将睡去，等待天明，

但我的诗不会睡去，

因为我的每首诗都被我注入了一颗无法安眠的心。

夜，本是思念所化，

诗，还在夜里凝视着她！

吃的鱼

我见一老人在河边平静地钓鱼。
他说要钓一条野鱼给他孙子吃。

他不钓寂寞，不钓心境，
不钓诗和远方，
他只想钓一条用来吃的鱼。

为何

紫藤永远不知道自己为何是紫色，
宇宙永远不知道自己为何而存在，
就像一个人，
永远不知道自己为何长成这模样，拥有这才华……
为何会突然喜欢一个人！

同行

黑漆漆的夜，

捕食的野兽，

失恋的昆虫，

盛放的花朵，

行走的鬼魂，

游荡的思念，

这是个多么热闹的世界！

所有不眠的恋人都在与魂魄同行。

它的世界

一声蛙鸣把三月叫得春心荡漾，
一只小虫振动翅膀急驰而过，
一只鸟儿神情忧郁地在树丛间奔忙。

你知道吗？
它们求爱的歌声和我们一样真诚，
它们为儿女筑房的劳动和我们一样辛勤，
它们的爱恨情仇和我们一样动人。

不要小看它们的世界，
它们的世界并不小。
它在你的世界里，
它的世界不一定有你！

没有夜晚

如果没有夜晚，

人间就不会有那么多诗人。

没有夜晚，

就没有那么多深切的思念、躁动和欲望！

今年的春雨

今年的春雨，
一样的绵密，细柔，
不同的是，它不但落在我的眼里，
还落在我的心里，我的诗里。

可一会儿，我就找不见它们了。

慌乱

一只鸟儿在春雨里做诗，

可这鸟儿太热烈，

把那温柔的细雨叫得有些慌乱！

追寻

我把心付与春天，
春天酬我以鸟语花香。
我把心付与天地，
天地酬我以山清水秀。

我把心付与你，
你酬我以深情的诗句。
我本不会写诗，
我只是拿起笔追寻你给我的诗句。

痴情的鸟儿

在天明未明之时，
在我醒未醒之间，
一只痴情的鸟儿，
在我的窗前唱了千百遍，
它的歌声一会儿落在我的梦里，一会儿落在我的枕边。

到底是它的歌声让我徘徊在梦境与现实之间，
还是我那颗敏感的心本就在现实与梦境间徘徊？

是否

如果我躺在春日阳光下，
放飞我的思绪，
它是否能飞到你的身旁？

如果我学痴情的鸟儿，
放飞我的歌声，
它是否能飞到你的耳边？

你和绝望

你知道吗，当你走过我的眼前，
我的心顿时消散了诗和远方，
眼和心全在你身上。

我将不带一滴水，一块饼干，
去那干枯的沙漠，
在星辰或烈日下，用双手爬过一座座沙垒的荒漠，
感受你和绝望！

摄影师

一位摄影师拿着相机对准明朗的晴空，

可怜的摄影师啊，

你能拍浩渺的宇宙，

可你能拍得了我深邃的情怀，

和我的那片深情吗？

醒来

春日将尽，
可我，仍不愿醒来。

叶落花飘，
可土地不是它们的家，
它们的家在树上，
它们的梦在春里！

藏

暮春的雨和三月的雨一样缠绵，

但，你细品，

它，藏着夏日的火焰。

一棵树

我的窗前有一棵树，

他禅定了几十年，

但只要到春天，

也不忘炫耀在花前。

不是

闭上眼，我听到一只鸟儿在我的窗前唱情歌。

但不是昨天的那只，

也不是前天的那只，

……

也不是之前的任何一只。

一朵花

如果你看见，

一朵鲜花开在树丛中，开在田埂上，或开在深夜里，

不要以为它孤傲，淡泊或是寂寞。

它只是爱得热烈！

最动人的情歌

最动人的情歌是门前的那只鸟，

没有曲调，没有节奏，没有歌词，

真诚，热烈带着慌张地啼叫！

夜

夜色渐起，

风还在等那撩人的思绪……

与你无缘

智者啊，你让我辗转难眠，却又对我说皆为梦幻。

智者啊，你让鲜花盛开在我眼前，却又对我说皆为虚幻。

智者啊，我向你坦言，我留恋于世俗的诱惑，注定与你无缘！

等待

我用整天的时间等待夜色，

我沉醉在夜色中无法自拔。

无边的夜啊，

那是我深沉的情怀和无边的思念！

习惯

夜色中，站在映着人间灯火的银河旁，

我不期望有渡船，

我已习惯深情地凝望。

你的存在

我伸手向天空，
不要以为我只能触碰阳光或者虚无，
我觉得我能感受到你的存在。

我低头沉思，
不要以为我只在自己的世界或者心里，
我觉得我也在你的世界里。

妈妈

月色里，河边传来“笃笃笃”捶衣的声音，
那是妈妈的声音。
月色里，河边有孩子喊着“回家”的声音，
那是我的声音。

夜色里，河边传来阵阵蛙声，
那是我小时候听到的声音。

你我

最好的表达是沉默，

毕竟诗的力量是有限的。

唯有沉默，你我都在其中！

我不是布谷鸟

亲爱的朋友，我不是布谷鸟，
它的诗永远那么单调。
我的诗有多美，
我的心就有多美，
我的情就有多美。

当我写诗的时候，
时空是不存在的。
当我满含深情的时候，
时空是不存在的。
那时，整个宇宙都在默默地看着我。

沉淀

夜开始一点一滴地沉淀，
最后沉淀成晶莹的露水。

思念开始一点一滴地沉淀，
最后沉淀成深情的诗句。

亲爱的朋友

亲爱的朋友，
如果你想知道我此时的心情，
那就请你看看窗外温柔的夜色吧。

亲爱的朋友，
如果你想欣赏夜色里的花朵，
那就请你翻看我写的诗吧。

开在黑夜里的花绝不只是为炫耀或表白，
那是对春光的感谢！

全都怪你

我要向天空画一条七色的彩虹，
踏着彩虹悄悄走进你的心里，
看看我，到底在哪里？

我要趁着夜色化身晶莹的露珠，
借着你的呼吸走进你的心里，
看看它，到底美在哪里？

我留恋于世俗的诱惑，
全都怪你！

所念

不冷不热，
不明不暗，
不悲不喜，
不忧不躁，
我在水边静坐。

空气中似有丝丝的芳甜，
那是因我心有若念。

夜深时分

我要赶紧趁着最后一抹夕阳，

收拾起你给我的美好，

等待那夜深时分。

柳絮轻飞

我在深夜听风听雨，
心是温柔的。
我这一路赏花赏月，
心是敏感的。

我在雨夜里沉默，
听着风吹落一地的思绪。
我在花前驻足，
欣赏它也正如看着你。

柳絮轻飞，
那不是五月的雪，
它不是我。

沉默

一只蝴蝶在花丛间时起时落，
你到底在寻找什么？
一对水鸟在河里相亲相爱，
你们又在炫耀什么？

你们能否和我一样，
用沉默作为最真诚的表达！

古老的节日

今天是个古老的节日，
我已在江南诗意的节日里行走了几十年，
春雨绵绵，此刻
一片诗意又打湿了一片江南。

莲花

杨花漫天，
也飘不成思念的雪；
莲花静开，
白瓣红蕊，
映于碧水蓝天！

打理

打理我的小诗，
就像一个病重的人细数自己的心跳，
激动，希望，期许……

窗外雨绵绵，
一往情深，深无限！

幻想

我还在幻想一个早春薄雾的清晨，
我化身蝴蝶，
带着幽怨，
飞过花林，飞过小溪，
轻轻来到你的窗前。

我还在幻想一个早春细雨的清晨，
我像个诗人一样，
带着思念，
穿过微雨，穿过春风，
为你深情吟诵。

可是现在，花谢了，雨停了，
我害怕的季节要来了！

思（其二）

哲人笛卡儿说，
我思，故我在。
我，现在懂了。

两只苍蝇

盛夏溽暑，

我袒胸冥然静坐于树荫下。

两只苍蝇来回在我的身上舔舐，

我听见一只对另一只说，

这个傻子，动也不动，像一尊佛。

另一只反驳说，

不，不，他的呼吸和脉搏告诉我，他的心里深深地藏着一个人。

我睁开眼，你们说的都对。

端午

一条美丽的白蛇，
在中国的端午里盘了几千年，
那雄黄的苦酒，也被后人饮了千年！

天庭

我孤独地走在灯火璀璨的公园里，

绚烂的烟火美胜天庭。

看着过往的行人，

如果没有爱，天庭除了美丽，依然冰冷。

仙女总爱动凡心，

她们的仙界在凡尘。

可笑的知了

有一只可笑的知了，
整个盛夏都在呼唤恋人，
扯着嗓子，鼓着肚皮，
从第一缕曙光到最后一抹夕阳，
痴心不改。
最后呢？引来烈日的烦躁、路人的嘲笑。

世间有你

我抬头见月，低头见花，
于是我便相信了，
世间有你。

我睁眼仿佛在梦里，闭眼又不甘在梦里，
于是我便相信了，
世间有你。

我白天听杜鹃声声，夜晚听秋虫鸣吟，
于是我便相信了，
世间有你。